유
년
일
기

유년일기

발행일	2019년 12월 10일

지은이	이계형		
펴낸이	손형국		
펴낸곳	(주)북랩		
편집인	선일영	편집	오경진, 강대건, 최예은, 최승헌, 김경무
디자인	이현수, 김민하, 한수희, 김윤주, 허지혜	제작	박기성, 황동현, 구성우, 장홍석
마케팅	김회란, 박진관, 조하라, 장은별		
출판등록	2004. 12. 1(제2012-000051호)		
주소	서울특별시 금천구 가산디지털 1로 168, 우림라이온스밸리 B동 B113~114호, C동 B101호		
홈페이지	www.book.co.kr		
전화번호	(02)2026-5777	팩스	(02)2026-5747

ISBN   979-11-6299-048-3 03810 (종이책)   979-11-6299-049-0 05810 (전자책)

이 도서의 국립중앙도서관 출판예정도서목록(CIP)은 서지정보유통지원시스템 홈페이지(http://seoji.nl.go.kr)와
국가자료공동목록시스템(http://www.nl.go.kr/kolisnet)에서 이용하실 수 있습니다.
(CIP제어번호: CIP2019049770)

유년일기

이계형 지음

북랩 book Lab

목차

1부

유년일기

나뭇잎

간밤
비 내린 뒤
한결 싱그러워진 나뭇잎들
그 푸름에 잠겨 있습니다.

그 잎새들 곁으로 언뜻
스쳐지나는
그리운 얼굴
......
그대로군요.

한 번 본 적도 없는
그러나, 한 번도 지워지지 않은
잎을 한
그대 얼굴

이 그리움의 계절이 지고 나면
지고 나면
다시 또
봄 찾아올까요.

유년일기 1 - 선잠

선잠에서 깨어난 오후 햇빛은
알 수 없는 바다
밤새도록 베를 짜
장에 가신 어머닐 마중 나간 동구 밖으로
미루나무 늘어서 아득히 뻗은 신작로처럼이나
낯설기만 한 그리움

서둘러
섬돌을 내려서면
추녀 비낀 눈 부신 햇살
맨드라미, 늙은 장닭 벼슬……
어딨을까? 내 고무신
우물 안에 넣어 둔 송사리는 잘 있을까?

아버지 허리 휘도록 쌓은 두엄더미로는
거친 냄새와 더운 김 솟아오르는데
나 두고
모두 어딜 갔을까?

골목까지 뛰쳐나가다 보면
사람 없는 세상은 참 무섭다
그저
울고만 싶어진다.

유년일기 2 - 베틀의 노래

내 어릴 적을 철컥이던
베틀소리는
노래였다.
꺼지지 않는 밤 불빛 다독여
보채는 막내 재우던
자장가였다.

철커덕 소리 함께
울던 소쩍새는
보리농사도 못 짓는 서마지기 논배미에만
여덟 식구 목을 걸 수 없다는
밤새운
차라리 어머님의 절규였을까?

밤사이
도투마리 날실은 풀어지고
방바닥 나뒹구는 뱁댕이
말코로 도톰한 베를 보며
아침은 깨어나고

오늘은 장날
막내는 철없이
굴뚝과자의 즐거운 상상에
부리나케 마당을 내려서선
뜀박질이다

유년일기 3 - 할머니

유년의 기억
아주 낮은 곳으로
두레박을 내리면

봉숭아꽃 흐드러진 꽃밭
할머니 곁에 모여 앉은
동네 계집아이들
손끝마다 고운
부끄럼 배어나고

당신의 배고픔
마다 않으시고
주린 이들 먼저
손을 이끌던
진달래꽃 빛 미소

낡은 사진 속 할머닌
하얗게 웃으시는데
"내 죽거들랑 내 제사상은 따로 채릴 필요가 없데이.
너그가 정 섭섭하거들랑 진달래꽃 한 송이나 놓아다고
……."

남해에서

파도는 발목을 꺾으며
뱃머리에 채어 부서지고
수평선은 아득히
언제나 닿지 않는 그리움처럼
멀어지기만 하는데
여객선 확성기로 울려 나오는
노랫말마다 온갖 사랑타령이다.
우리에게
사랑이란 무엇일까?
온통 물기에 둘러싸인 곳에서도
차오르는 이 갈증 같은 것일까?
단조로운 반복 리듬에 이어지는
사랑 얘긴 끝이 없는데
뭍에 갔다 돌아오던
혹은 여행 나온 아릿한 기분으로
걸친 술기운에 몇은 흥이 올라 있고
몇 관광객들은
바닷바람에 얼굴을 묻고
저마다의 즐거움에
깃을 문지르고

목련

더딘 봄이었습니다.
차가운 바람 몰아치는 날에도
잊을 수 없던
지난 추억은
나를 있게 합니다.

내 속에 깃들인 이
거역할 수 없는
그대를 향한 갈망

내 옷깃에
소롯이 맺힌 그리움
아침 햇살 받아
반짝입니다.

수련(睡蓮)

너무 맑거나, 서정적인 날엔
무슨 생각에라도
매듭이 되지 않으면
사는 것이 허무하다는
상투적인 생각에 젖어듭니다.

나를 엮을 만한 어떤
깊은 생각에라도
흠뻑 빠지게라도 되는 날은
그런대로 나를 지탱하고 있는
삶의 뿌리가
든든하게 느껴지지만

유년일기

018

여기저기로 흩어지기만 할 뿐
까닭 없이 허둥대고
그저 흔들리기만 할 땐
내 삶이란 것의 뿌리도
한없이 흐느적이기만 하는
저 개밥풀 같은 것이구나 하는
허망함에 어쩔 줄 몰라 합니다.

내 속에
깃들인 당신에 대한 그리움이
내 삶의 뿌리입니다.
바람 불거나, 비가 내리거나
흔들리지 않을
당신의 사랑이
나를 있게 만드는
이유입니다.

함박눈

뜨거운 마음으로
이름 불러 줄
영혼이 있음은
얼마나 큰 축복일까

그리워 불러보는
이름 하나에도
눈시울 젖은 하늘 가득
눈 내리고

이 절기마다 새삼
되짚어보는 한 장
세월의 의미

이대로
나이가 들면
우린 어디에 있고
언제까지 끝없이
나는 또
사람이 그립기만 할 것인가

말할 수 없으리
무슨 말을 하리
영혼의 춤사위
수만 개피
하늘 뒤덮는데

강

흘러지나는 것들 모두 위에
우리가 우리만의 계단을 만들 수 있다면
무심히 흐르는 듯
아무런 상처도, 굴곡도, 겪지 않는 듯
유유하게 흐르기만 하는 저 강들의 깊은
속살의 아픔들을 짚어낼 수 있을 텐데

흘러지나는 모든 것들 위에
우리가 우리만의 가슴을 얹을 수만 있다면
목마름도
일렁이다 지친 범람도
널 향한 새벽 지친 그리움도
아픔들도
다 끌어안을 수 있을 텐데

도깨비가시

강기슭을 벗어나오는 것으로
그대를 잊은 줄 알았네
계절 다하도록
기억 저편으로 흐르기만 하는 강물 보았네

까닭을 몰랐어
이 가슴 깊은 곳 저미는 아픔
짙어지기만 하는 그리움

도깨비가시,
내 저고리 안섶에 꼬옥 끼여
지난 겨울과 봄을
웅크려 지내온 그대
그대의 억센 손
포기할 수 없는 사랑

"그대에게 어떤 식으로든지 멀어질 수 없음은 내 사랑의 운
명이랍니다."

우리 시대의 사랑

문명인을 원하세요.
키를 세운 길섶 위로도 싱싱한

우리들은
터무니 없는 살의(殺意)로 빚은 돌도끼를 차고
햇살을 더듬어 가지만
보이지 않아요 어디에도
문명의 빛은

추락해가는 원시인의 두개골로
서툰 우리의 염원을 중얼대지만
언제나 돌아오는 것은
겁 많은 평화의 가슴속으로 달려오는
불발탄의 공포

쌓여져가는 세월의 살이 따갑습니다.
이 키 큰 길섶 너머로도
싱싱하게 살아남을 문명인을 원치 않으세요?

제 그림자를 드릴게요.

장터에서

북적대는 우리가 곧 사람이다. 평화다.
봇짐 대신 개화한 봉고타이탄 트럭이라지만
궁핍이야 늘 새로울 게 없다.
거들떠보지도 않는 싸구려 옷가지의 우린
언제나 저 빛나는 쇼윈도 속 마네킹족처럼
반짝이며 살아볼 수 있을까?

처엉춘은 봄이요, 보옴은 꿈나라
쿵짝 쿵쿠장짝 곡조에
밀려다니는 나프탈렌, 수세미, 고무줄들
상반신만 남은 한 청년의 수레질엔
봄이 뵈지 않는다.
보아도 보아도 더 이상의 꿈도
더 이상의 절망도

이미 가장 깊숙한 절망 속에 습성화된 무력감은
오히려
새로운 희망의 살처럼 자라
무럭무럭 자라나서
어설픈 사각지대

지켜선
가슴들을 난도질한다.

바람도 못내 성화인
2월 1일 장터에서

미루를 보며

비 갠 뒤
뭉게구름 항해하는 날
강가 키 세워 선
미루나무
끝없이 바라본다.

그리움이 마술을 걸고
바람이 주술을 씌운
동화 빛 일렁이는 반짝임이
어쩌면 저렇게도
한없이 서럽게
아름답기만 한 것인가

오늘 같은 오후면
강변 키 세워 선
미루나무
가시덤불 있던 강둑 아래
첨벙이던 유년의 숱한 기억도
함께 출렁이건만

나는, 그저
멀리서 머얼리서
한없이 바라만 보다가
돌아서서 오는 일에
익숙해져 있는가.

시를 쓴다는 것

주변의 일들에 뒤채이다가
놓여나 보니, 어느새 유월
문득
무슨 시간이든
지나쳐버렸다는 의식 뒤편으로
밀어닥치는 알지 못할 허탈감에
며칠씩 우울함에 빠져드는 나를 보면

내가
갈망하는 것이란
때로 그리워하는 일조차도 막막한
그것들의 불빛에 현혹되어
기웃거리기만 하는 것은 아닌지
모를 일이다.

그러면서도 꿈꾸는 어리석음
영원이란 것
누구에게나 깃들여 있는

저마다의 그리움의 통로로
그저 한갓 남이었을 영혼들과
뜨겁게 잇닿는 축복의 꿈들을

하지만,
다시 나는 세상의 일들에 휩쓸려 버리고
그러다가
윤동주의 독백처럼
우물 속 가엾은 사내를 바라다보는 일을
되풀이한다.

때로 이 답답한 세계를 통해 응시하는 꿈들이
참으로 허망하고 가엾은 일이라는
독백까지 곁들이면서

현충일에

일요일

희뿌연 하늘

가까이 고흐의 그림처럼

방충망 실루엣에 모자이크된 미루나무

조금 먼 산

짙은 수묵 담채 흩뿌리는

사이

사이렌

그렇구나, 마흔 해도 더 전에

유월 현충일 무렵이면 언제나 입언저리 시커멓게

물들이던 오디 따먹으러 다니던

동네 앞 언덕배기

그래도

선생님 말씀 기억나

이 사이렌 소리에 잠시

묵념도 하고 그러다

고갤 들면 녀석들

새까만 주둥일 서로 바라보며 웃던

시간들

문득

흐린 날

구름 너머의 오후
바람 한 점도 없는 교정
플라타너스
이파리
고요는 정물이다.
게시판은 텅텅 비었다.
시린 손바닥 비비며 들어서면
아이들 맑은 눈빛 속에서
가슴 컨컨 그리움들
꺾어 접어둔 영혼의 날개처럼
옅은 푸덕임으로 살아오른다.

차분하다. 아이들은
언제나, 시대와 요구의 포로가 되어
그렇게 포박되어서도
맑은 숨결로 내 가슴을 흔든다.

흐려진 눈

너머 창밖

까치둥지 휑한 나무 언저리로

어색한 색조의 가을 풍경

……

겨울이 가깝다.

진달래꽃

그 겨울
진저리쳐지는
눈보라 속에서도
핏속으로 실어나르던
당신을 향한
그리움.

아름다움은
나누어 가질 수 있는
산언덕에
피어나는 무지개랍니다.
사랑 또한
가슴에 가득
따뜻함을 가진 자에게만
솟아오르는
아지랑이 같은 것을

아직

꽃 시샘 찬바람

시린 절기지만

당신의 숨결 타오르는 땅

어느 곳에서건

뜨거운 가슴

피워 올리겠습니다.

히말라야시다

교정 앞
늘 푸른 히말라야시다
이름이 낯설기도 하고
눈 덮인 히말라야산맥이
연상되기도 하는데

네 둥치에 기대면
나는
아득한 원시적 꿈에
젖어들어
푸른 파도를 탄다.

네 가지로
생각을 뻗쳐 올리면
아, 혼란스럽고도
아름답던 스무 살 적이여
그 투명한 물살
출렁이기도 하는 것을

네 둥치에 기대어
나는 마냥 젖어 들어
온 계절
일렁이는 설렘에
삼투압을 타고
하늘을 오른다.

까치들

뒷산 키 큰 나무들 우듬지로
까치둥지 다섯 있답니다.
아침 흰 눈이 덩이 채 마구 흩날릴 땐
집마저 하이얀 빛이더니
오후 들어 멈칫한 사이
제대로 까치집도 빛깔을 찾고
부지런히 까치들도 들락거리며
하루 양식을 준비하나 봅니다.
그런데 이 눈들로 뒤덮인 세상에
저들이 일용할 양식이 쉽게 찾아질까요.
성경엔 걱정하지 말라더군요.
하나님이 다 주신다나요.
하지만, 치열한 까치들의 노력 없이
그저 먹이 주는 인자한 세상의 하늘은 없습니다.
학교 가게 앞
학생들이 먹고 버린 컵라면 통이며
이젠 거의 덮어 버린 동네의 하수구,
아이들이 버린 과자봉지의 부스러기며

가릴 것 없이 뒤적이는
생존을 위한 가엾은 몸부림을
차라리 투쟁이라 이름할까요
그러다가 추워지고 더 배고파지면
뒷산 한편에서 고이 생을 마감하기도 하는
속살 슬픈 사연.
눈이 내리고
이어지는 마음의 넉넉한 즐거움과는 별개로
까치네 식구들이
걱정되는 겨울
다시 눈은 내리기 시작합니다.

강가에서 – 겨울, 봉계리[*]

그대를 생각하는
맑은 날에도
푸른 물살에 젖어 들면
난, 문득 흐려져
헤아리기 힘든 깊이로
가라앉는다.

어찌하여 그대는
내 가슴 이리도
잠겨 들게 하는지

---

[*] 봉계리 - 합천댐으로 수몰된 마을.

그대 영혼 깊숙이
묻어두었던 이야기,
그리운 이름을
가만히 불러 보면

늦거울
저무는 햇살에도
지난 추억은 떠올라
눈부시게
반짝이기만 하는
저 물살

구월

문득
햇살 무디어진
오후 풍경
바람 머물다 간 자리마다
지난 얘기처럼
물든 가을 잎 두엇
내려앉아
예기치 않는 날로
젖어 드는 가을빛에
사로잡힌 내
영혼

길을 나서면 – 십 대

길을 나서면
한 눈으로 다가서는 방황
갈 곳이 없다.
눌러 쓴 모자는
방향 없이 기웃거리고
불안한 눈빛
오토바이는 재촉 소리 요란한데
거리의 밤은
주술사의 충혈된 눈

꿈은 무엇일까
번뜩이는 광고, 현란한
쇼프로의 열기 같은 것?
둘러봐도
꽃과 새와 별과 같은
가슴 설레는 그리움은 없고
목덜미 잡아채는 공부
숨 막히는 경쟁뿐

혼란스런 불빛마다

갈피 잡을 수 없는

나는

어디로 가는가

대설주의보

가까운 산도
바람마저도 묻혀버린
하늘과 땅
수시로 들락거리던
새 떼들 대신
수만 개비의 눈송이들
하늘 뒤덮는다.
꽃이라면,
그리움이라면
내 마음이 네게로
네 마음이 내게로
와닿는
영혼의 뜨거움이라면,
이 뒤덮인 세상에 묻혀
그냥 이대로 묻혀
굳어져도 좋으련.

강변에서

내 유년의 깊이로 흐르는 강
둑길 위로도
조심스럽게 밤안개는 깔려오고
가을빛 여문 별들과
미루나무
잠든 산의 곡선들조차
고요로 침전된 시월

어깨로 기대인 슬픔은
말 없고
절망일까. 돌아보면
살아온 해만큼의 바람들로
서럽기만 한 강물

이대로
함께 흘러가자고
흘러, 영원으로 한 몸이 되자고
어깨 감싸 안으면
놀라 푸덕이는 철새처럼
울음으로 떨리던 젖은
그대 영혼

햇빛

낯선 곳에 덩그러니
나만 남겨져 있는 듯
운동장 가득 쏟아지는
햇빛
유년의 기억 너머
거울 조각
비춰보던 우물
속 숱한 생채기
떨궈버린 고무신
가물거리는
기억 한 도막

수도산

심한 산길 헤집어
골짜기 접어드니
미리 당도한 가을 언어들
반가운 손짓에
물도 만져보고
바람에 얼굴도 비비며 그렇게
그들과 한 몸이고 싶었습니다.
다래 줄기는 하늘을 꿰뚫고
거기로 매달린 손짓에
우린 태초의 원시인이 되어
수렵채취의 첫 노동을 시작했습니다.
노동의 의미가 애초엔
이렇게 신선하고
이리도 빛나는 가을이었구나
사이사이 터져 나온
하늘빛마저 가슴으로
몸서리치듯 스며들어
빛깔로 한 풍경 되어
나도 가을이던 날
수도산

새 잎

비 내린 뒤
무성했던 꽃잎
진 자리마다
꽃보다 아름다운 잎
가지가지 돋아 올라
엷은 바람에도
잠시
내 마알간 유년
추억의 속살까지 헤집는
가시내
가시내야

은행나무 아래서

간밤 빚어놓은
네 노오란 그리움 아래 서면
새삼
아름다움이 세상을 구원하리라던
귀익은
한 마디 떠오를 뿐
찬연히 쏟아지는 느낌 채울
어떤 다른 말 한마디
더 생각나지 않는다.

아름다움은 실상
금빛 빚어놓은
네 옷자락으로부터만 비롯된 것은
아니리
그 빛깔 빚어내는
아름다운 마음과
나눌 수 있는 가슴
따뜻한 사랑

네 노오란 계절 안에 깃들어
오늘은
그리운 사람들 이름
하나하나 불러 본다

시험시간

날갯죽지 접은
아이들 영혼으로
배어나는
부스럭거림 옅은 초여름
한숨

영혼들은 포로가 되었다
운동장 가로지르던
함성들은
지문 속에 포박되고
떠오르는 것들이란
얼굴
얼굴들

어쩌자고 흐르기만 하는
시간인데
이르지 못하는
벌써 몇 분째
꿈속 같은
헛. 띔. 박. 질.

첫눈

웅성이던 바람은 멎었건만
새들은 어디로 깃들여 있는지
고요하기만 한 하늘로
눈 내린다
하염없이 지펴지던 열기
눈송이 되어 흩어지는 것일까
세월로 엉킨 시간의 내리막길
이 가슴속 실타래들을
풀어낼 수 있을까
아이들은 아이들대로
들떠 술렁이지만
정작 아득하여
창밖 풍경에 눈 뗄 수 없는 나는
학습목표가 무엇인지
단원명이 무엇인지도 생각나지 않는다

여름 후기

여름 후기

여름 한가운데 내 잎 사이로
그녀가 처음 찾아왔을 때만 해도
매혹적인 노란 깃털을 지닌
보통의 멧새라고만 생각을 했었다.
매일 아침 그녀가
내 가지에 와서 빗어놓는 금빛 깃털과
촐랑이는 몸짓에 함께
전율하던 여름

그 여름 예고도 없이 지고
준비 못 했던 계절을 맞이한
내 가지의 잎들마저
서둘러 지고, 앙상해진 사이
내 영혼의 노오란 깃털을 지닌 작은 새도
더 이상 나를 찾지 않았다.

어느 날은
두어 발치쯤 떨어진 곳에서
하염없이 바라보기만 하다가
또 어느 날엔
사뭇 먼 거리의 다른 나뭇가지에서
잠시 앉아 있다간
모습조차 드러내지 않았다.

그녀가 떠난 뒤에야
그 노오란 깃털의 멧새가
보통의 한 마리 단순한
새가 아니었음을
그제서야 깨달은 나는 온전한 바보였다.

내 빛나던 시절의 푸르럼이었음을
다시는 돌이킬 수 없는
한 절기의 푸덕임이었음을

탁류를 따라

지리산 휴게소 넘을 무렵에
드문드문 날리던 눈발은
전주를 돌아들 무렵부터는
세찬 빗줄기로 변했다.

가슴으로
이미 거슬러 오른 30년대
그 아픈 시간대로
자동차는 접어든다.
일본제국주의자들의 침탈, 그 전진기지인 군산
도시보다 먼저 채만식의
창백한 앓는 얼굴
오버랩되어 오고
지금도 탁류인 째보선창에 묶인 배들과
유흥의 마지막 지친 화장에
망가져 가는 육신
간신히 지탱하고 선 노작부처럼
서 있는 고태수의 그 은행 건물과
각진 백제 남자들의 얼굴에서
90년 말, 아이엠에프 외국자본에 침탈된
또 다른 정주사들의 비애를 읽다.

다시 길을 나선다.

몇 길을 헤집다가 창백한 그 사내가

태어났다던-지금은 가난한 세입자들이 다방이며 비디오가게

등으로 힘겹게 생계를 꾸려 나가는-집과

지나는 차들이 튀긴 흙탕물로 흐릿해진 글귀

생가임을 알리는 몇 구절 앞에서

그의 유년과 삶을 잠시 추상하다가

그가 눈을 감아 누워있다는 곳을 향한다.

그저 평범한 무덤

허나, 많은 사람들 가슴속에

아직도 깃들여 있는

맑고 균형 잡힌 눈을 지녔을

그 사내의 영혼

추모하며 절을 올리는 사이

낯선 군산으로도 편안한 어둠

사락이며 내려앉더라

- 채만식 '문학기행' 중에.

시외버스

허겁지겁 다른 것들에
마음 빼앗겨
얼마나 오랜 시간 뒤에
되돌아본
이제 추억인가

훅, 매캐한 내음
진저리도 잠시
내다보는 차창 가론
비 내린 뒤 지펴진
옅은 봄기운들

석 달 치 월급이 제 두께가
아니란 하소연 섞인
그러나 생애의 이것저것
달통한 속내까지 드러내
보이는 버스 운전사
구수한 이야기에 묻어나는
삶의 두께

대구행 시외버스
몰려오는 봄소식

백련사에서

다산초당 왼편 산길 너머
만덕산 또 다른 자락
맞은편으로는
강진만을 굽이굽이 펼쳐놓고
겨울 수행에 잠긴
백련사 있었네

그곳엔 무엇보다도
남해의 푸른빛을 닮은 동백들이
절집을 에워싸고 있었지
서둔 동백 몇은
꽃망울을 한 볼 머금고 있고
더러는 꽃 몇 송이 투욱툭
틔워둔 녀석도 있었네

그 이파리들의 푸름에
그 푸름이 빚는 겨울 그리움에
한동안 잠겨들어선
몸을 빼낼 수 없었다네
어쩌지도 못하고
어쩌지도 못하고

땅끝에서

땅끝을 다녀간 수많은 사람들의 땅끝 얘기에 진력이 났다네 그래서 나는 땅끝을 찾더래도 어떤 의미 나부랭이들을 챙기지 않으리라 생각했었네. 그다지 맑지 않은 겨울 하루 땅끝을 찾았다네 그 너머 바다와 땅끝에서 흩뿌려진 남해의 섬들 하염없이 바라보았네. 진정한 시인은 시를 쓰지 않아야 한다고 하였네. 그의 삶이 곧 시가 되어야 하는 까닭에서 나온 말일 것이네. 그러나 이곳이 뭍의 맨 아래쪽이란 의미를 젖혀두고선 이곳이 특별한 곳으로 사람들에게 기억될 아무런 이유가 없었네. 육지의 맨 아랫녘인 땅끝에 나는 서 있었네.

다시, 다산초당에서

10년 전
무작정 찾았던 그 길을
오늘 되짚어 올랐네

늦은 출발로 어둑발 내려앉고
전날 내린 빗줄기로 질척한 길
그 위로 간간 흩날리던 눈발
강진만에서 몰려 오르는 우우 바람 속에
묻어나던 갯내음
그 기억들 되새기며 올랐네

차가 많아서 다산(茶山)인
이 만덕산 자락에서
10년 차가운 시간 다산은
생애의 동백꽃인
그의 학문을 붉게도 피워올렸건만

나는, 고스란히
지난 10년 세월을
추억에나 던져주고
헛발질로 살아온 것은 아니었을까?

초당이 아닌
다산초당 마루턱에 걸터앉아
내 지난 십 년이
산죽 뚜욱뚝 그 마디로
흘러내리는 바람처럼
스쳐지나는 세월 보겠네

무위사에서

드디어 무위사
극락보전 앞에 섰다네
두 손은 주머니에 찔러넣고
장승처럼 굳어진 몸으로
그 앞에
한동안 그렇게 서 있기만 하였네

입심 좋은 어느 답사가의
어려운 수사(修辭)는 간간
머릿속에 맴돌았지만
어떠한
내 속의 말도
길어 올릴 수 없었네

무위(無爲)˙

오랫동안 나는
그렇게
거기에 있었네

˙ 사람의 힘이나 지혜를 가하지 아니함.

실비 횟집

해체된 시간
네 몸의 기억은
태초에 바다의 것이었다.

산 채 껍질 벗겨지는 극형에도
포기할 수 없었던
바들거림
삶의 한 가닥 절규.

마지막 혀 속까지
느껴지는 삶이란 것의
차마
애처로운 희망

너머
아무 일도 없었다는 표정
남해,
펄떡이는 눈부신
은빛 비늘

유월, 신원행

산자락마다
밤꽃 무리 소복을 한
유월, 신원* 가는 길

그리 모진 열매 맺으려
이리도 짙은 향기 터뜨려야 하는가
지나치게 자극적이란
또 어떤 이들에겐
수상쩍은 관능의 비릿함으로
애써
외면당하던 세월처럼

쌓여가는 시간
무성하기만 한
신원 골짜기

---

* 거창 양민학살 사건이 있었던 고장. 이곳에서 700여 명의 무고한 양민들이 통비(通匪) 분자라는 오
명으로 학살당하였음.

서울행

그래, 서울
아황산가스, 카드뮴, 각종 오물과 문명의 폐해
인간과 잡종과 아수라장으로만 느껴지던
허나 그 이면엔
번쩍이는 불빛
문화를 포장한 수십
허접쓰레기들의 고성(高聲)이 짐짓
발걸음 설레게 하는 곳
서툰, 19세기적 감상이나 낭만은 젖혀두시라
퀴퀴한 지하역의 대기처럼이나
창백한 특별시민의 얼굴들을 보면서
매 정차역마다 무절제한 발걸음들을
아득한 거리의 환청으로나 알아들었을까
한강에도 철새가 있더라.

푸른 미루의 추억

그것은 어쩌면
환각이었는지도 모른다

언덕배기 위에서
한없이 반짝이던 그
손짓에
시간의 강물마저 거슬러 오르던
동화 빛 설렘

내 찬연한 꿈 자락
배를 뒤집고 솟아오르며
마침내
다다를 수도 있을 것만 같던
원시의 시내

그러나 놀은 걷히고
놀던 아이들처럼 나
돌아섰다네

돌아서서는
또다시 그리워한다네

여름날
푸름 가득했던 잎
가슴 흔들던
그 반짝임들을

갯바위

처음 그대가 내게 닿았을 때
예감했던 슬픔 한 자락일랑은
세월의 파도에 실어두었다네
떠밀려서는
밤새 일렁여서는
그렇게 머얼리 뭍을 떠난 것으로만 알았다네
그러나 시간의 슬픔 그대여
이렇게 불현듯
가쁘게 되돌아와서는
내 온 가슴 할퀴는
습곡이여, 절리여, 풍화여, 해침이여
내 사랑이었던
마침내는
볼모 잡힌 그리움의
세월들이여

등대섬

가뭇없이
멀어져만 가는
당신 모습이었습니다
파도에 패인 세월에
비어버린 내 안에서 되울리던
아득함의 시간이었습니다
어쩌면 꿈이었는지도 모를 일입니다.
나는 바닷속으로 내려앉습니다
거기 발아래
끝내 걷어 올리지 못한
수심의 그물이며
다시는 다다를 수 없는
기억이 된 세월이 빚어낸
화석들을 봅니다.
어쩌면 이 모든 시간들의
환청이었는지도 모릅니다

집어등(集魚燈)

내 안 켜켜이
새겨진 그리움
그 일렁임조차
단단히 그러쥘 수만 있다면

먼바다였던 당신
이를 수 없는
시간마저도

마침내
내 속 흥건히
모여들 것만 같은
밀어(密語)들의
속삭임

겨울, 남해

너를 만나고 돌아온
날 밤은
꼬박 차오르는
갈증을 참을 수 없었다.
펄떡이는 은빛
그 그리움

내소사*

어쩌면 그대는
처음부터
이 세상 존재가 아니었는지 모릅니다.

가질 수 없는 순수
그러쥘 수 없는 그리움
머언 먼
다른 세상의 시였을까요.

세상의 미망에 싸여
시간의, 삶의 의미 깨닫지 못하고
허우적이던 내게 다가온
관음의 현신이었을까요.

그러나 기어이 나는
당신과 더불어
새롭게 소생하여
한 세상을 이고 싶었습니다.

---

* 내소사라는 절집 이름은 "내자개소생" 불교 범어에서 나온 말인데, "내소사에 오면 새롭게 소생한
다."라는 뜻이라고 함.

문득 당신 그리울 때면
......

변산 관음봉 아래
절집
새로운 목숨 받으러 가고픈
내소사

유년일기

홍련(紅蓮)

한 잎 한 잎
정성으로 붙여
내자개소생
새 몸 받아 피어날
세상 꿈꾸었더랬지요

내소사
대웅보전 앞 돌계단
밤을 지샌
촛불 연등

여명으로
피어오르던
발원(發源)

겨울, 경호강

매서움 찬 눈바람에도
꺼지지 않은
그리움의 불이 있어
얼어붙지 않는 여울
저 은빛 물살에
내 맘 또한 출렁이거늘

사랑하는 이여
그대 수심 깊이에 잠겨 있는
한 자락
뜨거운 영혼의 눈물 더불어
얼어붙은 이 세월
녹일 수만 있다면

대한(大寒)의 절기에도
흘러
그대에게 그대에게로
달려가겠네.

유년일기

즐거운 파도

가령 나의 삶이
굴곡 심한 뱃길에 채여
난파와 표류를 거듭하는 것이라 할지라도
그 아득한 시간의 깊은 바다로부터
그대를 기억해 올릴 수만 있다면
만 갈래
물거품으로 흩어진들
즐거운 파도일 것을

진부하게 세상을 떠도는
흉흉한 소문에 길들여지지 않고
그 깊은 세상의 수풀로부터
그대의 맑은 영혼을 길어 올릴 수만 있다면
아침 안개로 피어
햇살 아래 사라진들
행복한 추억일 것을

작은방

내 열려진 창문으로
와닿던 그대의 푸른 영혼을
느끼던 가을 무렵 문득,
영원이란 의미는
아득한 계절의 산을 넘어
그렇게 다시 겨울입니다.
훈련소 산 중턱
바람 소리 가슴께로
날카롭게 걸리던 겨울 초저녁
별빛처럼 바라다보던
그 그리웠던 민가의 불빛
소리 죽인 흐느낌처럼
멀어져만 가는 그대
작은 방의 불빛
그저 바라보기만 하였습니다.

너무멀리왔습니다.너무멀리있기만합니다.돌아설수없습니
다.다가갈수없습니다.
머얼리서머얼리서그방의불빛을바라보기만하였습니다

달력을 넘기며

그리움에 뒤채어
몇 밤을 뒤척여 본 사람은 알지
저 흘러간 강물
흘러내려 쌓인 시간의 모래톱과
하구의 닻에 걸린 수초들에
묶인 무성한 세월의 흔적들을

돌아보는 일에 익숙해져
버릇처럼 한숨으로 절기를 보낸 사람은 알지
이 한 하늘마저
땅속에 묻혀
다시는 지상으로 일어서지 못할
화석으로 찍혀
마침내는 지울 수 없는
그리움이 되는 세월을

겨울 풍경

시간의 수풀 사이에서 뒤척이다가 어느 햇살 고운 아침에 키 세운 나무 한 그루 만났었지 세월의 나이테 무심히 새겨져 가기만 하던 그 시간의 모서리에 쪼그리고 앉아 있던 내 영 혼. 어릴 적 동구 밖에서 그 너머 먼 길로 시장 가신 어머닐 기다리던 먹먹한 그리움처럼 그 그리움처럼 다가와서 안기던 나무. 어린 바람에도 불면의 눈물 콕콕 찍어내던 그 여름의 기억들 이제는 머언 풍경 속으로 잠겨드는 겨울은 더욱 깊네

갯벌

너무 무모했는지 몰라
서툰 나의
주체할 수 없는
그리움 여기저기 흩뿌리곤
마침내 다가설 수 없는
거리 너머에
동동거리던 시간들

폭설

그리하여
길은 끊어지고
그대에게 배달되던
편지도 길을 잃고
사방 흰빛으로 둘러싸인
이 겨울엔

일상의 무디어진 칼날에도
비늘은 꺾이고
어느 바다에서 펄떡이던
싱싱한 그리움이던가

그대에게 이르던
한 줄기 바람마저
날들과 집과
저 산 육중한 저기압에
차단되고

다가갈 수 없다
눈은 천지간 이렇듯
퍼붓는데
퍼붓는데
그대는 너무 멀리에만 있고
시간은 또 격언처럼
사람을
기다려주지 않는다

오월에

봄꽃 진 자리마다
다시 솟는 이름
그대 아는지
개나리꽃 만 갈래 빛도
눈 되어 흩날리던 꽃들도
먼 산불 지피던 진달래꽃도
다 지고 나면
점령군처럼 짙어지는
푸르름에
잠기기만 할 오월이라고만
생각했는데
기억을 뚫고 피어나는
또 다른 꽃들
철쭉, 라일락, 영산홍, 등꽃들
머잖아 더 높은 향기 흩트릴
뒷산 아카시아꽃
그리하여
잠긴다는 것은
잠시 눈 들어 하늘 바라보는 것
결코 지울 수 없는 가슴속
멍울임을

유월

한 계절 바람과
여기저기 어수선하게
떨어지던 꽃잎들
지난 자리
제빛 찾은 이파리들마다
정돈된 풍경 문득,
바라보면
흔들릴 적 그렇게 바라던
고요는 실상
평화의 거짓 꿈이었음을 안다.
파닥이는 숨결마다 그리움
그리움
잔잔히 피어 흐르고
흔들려
흔들린 만큼의 거리로
더욱 깊어진 뿌리
굵어진 팔뚝 사이사이
일렁이는 저 이파리들의
눈부신 유월

가을 오후

햇살 무르익은
가을 오후엔
공부에 눈 풀린 아이들과 함께
상수리나무 즐비한 학교
뒷동산에 오르다.

떨어진 갈색 잎에 갈 빛 열매는
좀처럼 드러나지 않아
좀 푸짐한 녀석에게
"네가 한 번 부딪혀 봐. 다 떨어질걸."
했더니 부딪는 시늉만 하고
비껴 난 자리, 나무마다
웅덩이같이 큰 상처들 새겨져 있다.

업보처럼 매달린 높은 가지의
상수리들은 가을 햇살 사이 빛나고
아이들은 여전히
가을 줍기에 여념 없는
가을 오후

망향(望鄕)

장안산 다녀오는 길
골짜기를 메워 채워진 호수, 그
일렁이는 봄 물살 앞에 서다.

망향(望鄕)비가 세워진
그 속살을 나는 알 수 없다
고향에 늘 몸 비비며 살고 있는 내겐
의미 없는 글귀일지도 모를
그 단어가 그러나,
어쩌면 그렇게 나를
사로잡는 것일까?

저 수심 모를

가슴처럼

내 무엇을 잃어버린 채

막막해져 있는 것일까

무슨

알 수 없는 그리움에 거듭

발목 잡혀

한없이

잠겨들기만 하는 것인가

들꽃

바람이었던
때로 빗줄기이기도 했던
그대의 발자취였습니다.

당신이 오시는 날이면
나는 키를 낮춥니다
스치는 옷자락에도
하염없이 젖어듭니다.

하지만 그대는
기억처럼 왔다간
너무도 쉬이 가 버립니다.

내 생애는
당신을 기다리는
한 떨기 뜨거운 목숨

여기
그리움의 불꽃 하나 가만히
피워올려 봅니다.

나뭇잎 2

당신의
손길 닿은 자국마다 나는
돌이킬 수 없는
계절의 푸른 꿈에
함빡 젖습니다

처음 당신이
바람으로
내게 다가왔을 때
즐거운 미소 정도로
가볍게 악수하마고 생각했지요

그러나 당신은
눈 부신 햇살을
촘촘한 푸른 입자들로
빚고
싱그런 바람을
고운 결로 매겨

원시의 생명을
내게 주셨습니다

내 한 잎은
당신 숨결로 지은
뜨거운 목숨

지울 수 없는
계절의 그리움으로
반짝이는
불빛입니다

너를 만나고 돌아오는 길

긴 겨울이었다.
폭설에 문득 길이 막히고,
함께 찾아든 막막한 어둠처럼
앞이 보이지 않던 나날들

물푸레나무 우듬지로
연초록빛 아련하게 밀려오는
봄날에는
그 막막한 어둠 지울 수 있을까

만남의 반짝임보다 먼저
헤어짐의 물결이 젖어들고
기어이 내리던 빗줄기에
젖어들던 옷깃

사랑에게 내어 준 길
가야 할 길과 달라서
되돌아오던 길 내내
비가 내렸다.

지리산

지리산 1

한결같은 일상들이
삶의 무게를 무디게 만들어 갈 즈음에
불현듯
당신의 깊은 눈망울을 떠올렸습니다.
늘 옹졸하니, 찌들어 있으니
당신 닮은 모습 한 자락
새길 수 있을까

모르는 사이
당신을 사랑하게 되었습니다
당신이 나를 어떻게 여기든
내가 당신에게 어떤 의미이든
그것은 내게 그리 중요하지 않습니다.

당신을 사랑하는 것은
나의 죄가 아닙니다
당신의 눈길이거나
꿈결에서나
그저
머언 발치서 바라보는 것만으로도
한없는 행복에 잠기는 나는

축복입니다

지리산 2

벗어버리고 나면
편안해지는 것을
아직도 내 맘 한편으로
공허함이 깊거든
그것은
미처 벗어버리지 못한 욕심이
남아 있는 탓입니다.

그가 나를 어떻게 대하든
내게 무엇을 주든
한결같은 마음으로 다가설 수 있음이
진정 커다란 의미임을 알지만,
나는 버릇처럼 다시
세상의 욕심에 눈멀고, 귀 닫혀
한없이 작아지곤 합니다

당신의 품이 그립습니다.

한결같이, 묵묵히

세상의 모든 것을 감싸 안는 당신

그 넓은 자락에

한없이

안거들고만 싶습니다

지리산 3

맘 닿는 곳으로
마음이 부르는 곳으로
몸 흐르게 하리라

길을 나서며
내 맘 닿을 곳이 어딜까
물어봅니다.
그에게 다가선 내 마음의 물결
출렁이며 어떤 소리를 낼까요

남녘으로 꽃 빛 어여쁜 봄소식
북상하는 이 절기에도
지난겨울 얘기
비워버리지 못한
세월의 무거운 가슴

겨울 언어에
발목을 묻으며
길을 재촉해 걷다가
기슭
어린 사슴 한 마리
문득 눈빛 마주친 찰나로
떠오르는 그리운 얼굴

그대였습니다.

지리산 4

시간과 더불어
그리워하고
내 육신으로
유장한 당신 산맥의
핏줄기 드리워
파닥이는 생명의 숨결
언제까지
같이 나누고 싶습니다.

비비추꽃 물결
산죽 잎 사이로
스쳐
스며드는 생애의 떨기
당신의 체취
마주치던
잊을 수 없는 눈빛입니다

고사목
구름 너머 산봉우리
사이
저며 드는 깊은 울림
당신의 미소
지울 수 없는
시간의 추억입니다

세월 속에 당신을
잊고 살아가고 싶지 않습니다

지리산 5

고개를 숙이면
길이 보입니다
그 길 속에
나를 묻습니다

그러다 가만
고개를 들면
그대가 보입니다

오랜 시간 뒤척임 끝으로도
생명의 숨결
굽이굽이 이어내선
마침내
온몸으로 배어드는
벅찬 영혼

내
그리운 당신

실상사

지리산 자락 휘돌다
늦은 실상사, 시간에 서니
불현듯 하늘엔
잊고 살았던 생애 너머인 양
어둠보다 먼저 달려온 반달이
걸려있습니다.

두고 온 生이
어쩌면 저리도
사무치는 것일까요
먹먹하도록 먹먹하도록
울어젖히는 개구리 소리
절집 마당을 가로지르고,
저녁 어스름
하늘까지 베어 물면
먼 산 아랫마을로 하나둘……
켜지는 불빛

나는 도대체

무얼 잃고도

차마 알지 못하는 채로 이 세상

살아가고 있는 걸까요

......

어둑발 성성한 결에도

사천왕상은 두 눈 부릅뜨고

절집을 지키고 있습니다.

늦은 저녁, 실상사

저녁 예불 – 겨울, 화엄사

얼마나 탑을 올리고,
몸을 깎으면
그대와 한 세상 이룰 수 있겠습니까?

우르릉 법고 소리
골짜기를 따라 올라
노고단 이르는
산 능선 하나하나
지워가는 저녁 무렵

당신 사랑하는 것이
세상의 죄인 줄
여기서는
알지 못하겠습니다.

운판과 목어 울음소리에
이슥하게 떨리는 하늘,
등짝 후려치는 겨울 추위는

견딜만한 것이지만

그리워 사무치는 사람과,
언제나 함께 하고픈 마음이
부질없는 인간의 욕망이라고
말씀하신다면
나, 차라리

저 미어지도록
범종을 향해 내리치는 당목처럼
온몸 부서져라
화엄 세상 종소리로
산화(散華)하는 길
찾으렵니다

설악(雪嶽), 눈보라를 찾아서 – 소청산장에서

눈길 속 잃었던 시간을 찾으러
여름 설악에 들었네
하지만 그녀, 배반의 시간
구름안개 장막으로 자락마저 감추고
발걸음 흔적조차 씻어버린 바람결
그렇게 울게 했던
눈보라는 찾을 수 없어

눈보라 웅웅
벽을 쌓고, 지붕을 덮어
동화 세상을 이루고
세상의 근심마저 가르륵 뱉어선
내린 눈 속에 파묻던
그 눈보라는 찾을 수 없어

그 설악은 정녕
지상의 영지가 아니었나 보다
여름, 설악에선
……
눈보라를 찾을 수가 없지

그 고라니 한 마리 – 삼월, 눈 내린 날

내 속에
앙상하게 드러냈던 내
뼈를 거둬들인다
부끄러웠다. 관습으로 하루를 축이는 삶

꽃을 틔운 산수유도
하얀 눈으로 지긋하고
산기슭 어디쯤서 꽃술 터뜨렸을 생강나무도
오늘은
진저리치며 소복했겠지

언제 적 늦은 밤 길을 몰아 오다가
소스라쳐 브레이크 페달을 밟았던 적 있었다
길 건너는 고라니 한 마리
......

오늘 문득
볼 수 없는 그 고라니가 생각났다.

살아 있을까.
눈 내린 산 어디쯤서 눈망울 굴리며 살아가고 있을까

의지의 영지
바깥에 사는 기억들은
하릴없다.
뜻하지 않는 날로 불쑥 나타나선
내 뼈들을 들쑤시곤 한다.

삼월, 눈 내린 날

해 질 무렵

낮 동안
당신을 향한
뜨거웠던 목숨
이제는
거두어들입니다.

벗어버린 욕망이
한결 고와진 알갱이들로 퍼져
산과 시내와 들판을
감싸 안을 즈음

영혼은 더없이 비워지고
가난해진 마음으로
그득 채워지는 은물결
그렁그렁 반짝이는

저 나뭇잎들

비 내리는 가을 산에서

넘어서는 시간의 고개는
가파르기만 한데
더 가파르게 헐떡이던 것은
그 속에 어쩌지 못하고 포박되어 있던
내 일상이었습니다.
함께하지 못했던 몇 날들이
헝클어 놓은 가슴

마주한 빗줄기
그와도 한 몸이 되고
그들만의 깊이로 채워진 골짜기와
소복이 내려진 길섶의 그 아름다움과도
한 몸이고 싶었습니다.

그대와 처음 만나던 날의 그
설레는 반짝임처럼
나뭇잎 하나
길섶 구르는 돌 하나에도

전율처럼 와닿는
영혼의 속삭임 속삭임

표현할 수 없었습니다.
내 혀는 너무나 짧고,
가슴은 모두 비어만 있었으므로
그 자리에서 그만
모든 순간을 정지시킨 채
그렇게 있고만 싶었습니다

비 내리는 가을 산에서

유년일기

무서리

미처 버리지 못한 애진 것들
그 목숨들이 애틋하지만
스스로 거두지 못한 사랑이었음에
이젠 가슴에다 묻기로 하자

차마 벗어버리지 못한
지난 절기 저
영혼 깊이 배었던 푸른 기억들
눈빛의 공허까지도
기억의 숲에 쌓아두노라

어느 겨울 하루
뽀얗게 덮인 그 위로도
바스락이는 소리 있으면
그래도 잊지 못한 내 노래일까

잘 가라
내 사랑했던 한 해의
계절이여

십일 월

이제
부어줄 것 없어
마알간 눈빛만 남은
영혼
그 여름의 전율, 속삭임들도
내려앉은

까치 울음소리
차가운
공명을 일으키고
빈 게시판 너머
새삼 청정한 햇살에
겨운 눈으로 바라본 하늘

그 아래엔
혼미한 열기로
들떠 흔들리던
여태껏 남은
내 사랑의 흔적
몇 줄기

늦가을

용서해다오
그 여름의 뜨거움은
내 빛의 이 여리고 맑음을
감추려던 것이었음을

이내
슬픔에 젖는 나를
씩씩한 푸름으로 위장한
그림자였음을

그럼에도
내게서 느껴지는 거짓이 있다면
용서해다오
내 죄는 다만
겁 많은 평화의 가슴으로
당신을 사랑했던 것이었으니

환절기

돌아보면
내 어리석었음에 대한 회한
어찌 그리도 많았을까
그러나, 더 어리석은 것이란
돌아볼 것조차도 없는 삶을 사는 것임을
아픔이 두려워
꿈꾸는 것조차도
망설이기만 하는 시간이었음을

그날처럼 빗방울이

다시, 오월
그날처럼 빗방울이 듣는 날
산꽃 지천으로 뒤덮인 산
그곳

비안개 속에
길을 내 주지 않던
지난 황망했던 시간들

어둑발이 들어
더 거세어진 빗줄기
되돌아설 길은 아득한 산 구름
너머 능선일 때에도
시간은 나와 더불어 있었네

꽃은 다시
자연의 이법에 따라 피어나고
그날처럼 비는 내리건만

종종걸음치며 자취를 감추는
돌이킬 수 없는 시간의
그리운 풍경
새록새록
다시
내 가슴에 박혀 들겠네

그날처럼
빗방울이 듣는 날

태풍

내 사랑은 한때
바다 저 멀리
헤아릴 수 없는 수심
시간의 깊은
그곳에 있었습니다.

그때
그대는
세상의 깊이를 헤아리지 못하던
맑고 천진한
눈을 가진 소녀였지요

지금도 나는
당신의 그 눈망울을 기억합니다
세월의 빗장이 내게 질러온
침잠
그 너머

견딜 수 없는
날들의 그리움

시간이 진 자리

아름다운 시를 쓰고 싶었습니다
소녀처럼 맑은 가슴으로
푸른 영혼의
하늘을 노래하고 싶었습니다

그러는 사이
여름이 지고
가을은 강물처럼 흘러갔습니다

소녀는 어느덧 어미가 되고
그리움의 잔물결은
하구의 모래톱이 되어 쌓였습니다

그 위
웃자란 갈잎들이
키를 세워 속살거리는
계절 너머

투명하고 차가운 햇살만
그렁그렁 빛나고 있습니다

겨울 아침

흘러지나는 것이
어디 강물뿐이랴

흐르는 시간
지나치는 무심한 사람들
무수히 흘러
내려 닿는 추억까지

어디에 닿겠다는
어디로 닻을 내리겠다는
생각도 없이
막무가내로 내맡긴 몸이
거듭 부질없는 세월의 강에서
떠내려 보낸
이 헤아릴 수 없는
허망함 같은 시간들 앞에

그대는 다만
무사한지

풀잎에게

시간 언덕 너머에
우리가 서로 바람이었을 때
머얼리서 바라보던 그 방의 불빛

아득함이
그리움의 날실로 내려앉아
예민한 신경망이 되고
가슴속 뜨거운 응시가
모세혈관 구석구석까지 번져
시간의 촘촘한 외투로 짜일 때까지도
당신의 그 푸른 목숨은
내겐 언제나
목마르게만 느껴졌습니다.

계절의 따뜻함과
알맞은 수분이 닿는
기름진 하구(河口)에 이르러
무성한 바람에도
질긴 시간의 칼날에도
꺾이지 않을 튼튼한 줄기와
억센 뿌리로
푸르름의 꽃
들녘 가득 피워 낼 그대를
내려놓습니다.

봄꽃 그늘 아래서

다시 계절은 오고
기억처럼
꽃그늘 아래에 서면
나는
이제는 아련한 시간의 저 켠
추억의 처마 끝에서
아롱져 떨어져 내리는
물방울 같은
그대를 생각한다

그러나 그대는
나를 잊어버렸을까
어쩌면
속절없는 아련함이나
부질없는 감상이
얼마나 소모적인 것인가를
삶에게서
배우기라도 한 것일까?

몇 그루의
나무가 고목이 되어 사라지고
잘렸을 뿐
여전히 사진기 속 사람들은
시간에 거꾸로 매달려 있고,
익숙한 배경에
상투적인 표정을 품은 봄은
그동안
아무런 일도 없었다는 듯
저
능청스러운 표정이라니

황사

둘 곳 없어라. 이 마음
꽃 피어난 교정마다
일렁이기만 하는 봄인데,
어쩌자고
떠도는 겨울 얘기들
하늘 가득 뒤덮어
잔기침 쿨럭이게만 하는가
사월도 깊어
돌아누울 수도 없는
좁은 그리움 바닥 뒤채며
잠 못 드는
이 깊은 봄
병(病)은 깊어라

봄 편지

사월 하루
어쩌자고
마구
두근거리는 가슴에
잠 못 들고

연초록 물결
사운 거리는 바람
자꾸만
가슴 일렁이게 하더니

그대의 음성
붉어진 뺨과 입술
담뿍 머금은 눈빛
......

나뭇가지
가지마다
그득 벙글어

봄비

해마다
봄을 맞고
그래서 꽃잎처럼 떨구며
보내는 일조차
무어 그리 슬픔이랴 했습니다

다시 잎 돋고
꽃 피면
돌아오는 봄인 것을
그렇게 지는 것이
제 이름처럼
자연인 것을

푸르렀던
내 곁의 시간들이
바람결 꽃잎처럼
흩어져 지난들
그게 무어 그리
안타까운 일이랴 했습니다.

흘러가는
시간의 뿌리만큼
굳세어지는 줄기
내밀한 속살
흥건한 삶인 것을

봄길

오시려나
뒤채던 바람도
잠잠해진 뜨락
속살 하이얀 봄꽃
눈처럼 하늘 뒤덮는데

창밖으로
한 움큼 맺혀
붉어진 영산홍 터져 오르는데

더불어 서성이는
가슴속 불길
이 뜨거운 그리움을
그대 아시는지

오시려나
이 길 따라
그대 오시려나

4부

산벚나무
아래서

산벚나무 아래에서 1

가을 닮은
오후
빗긴 햇살
투명한 오월
반짝이는 잎새 너머

아이들
즐거운 하교의 지저귐
불현듯
낯섦에 빠지다.
머언 바다에서 떠밀려온 듯
먹먹해지는
이 아득한 풍랑

서성이는 바람
가을
닮은 날

산벚나무 아래에서

산벚나무 아래에서 2

때늦은 봄 햇빛 가지 위로
툭툭 터지는 날
반가이 네게 달려갔었지
그러나
그 가지에 피는 꽃
그 이전에 피었던 그 꽃은 아니더라
그래도 넌 인마, 참 아름다워

까짓, 아름다움은 밥도 되지 않고
집도 될 수 없고, 더욱이 생활도 될 수 없으니
봐주지도 않는 당신에겐
그 존재마저도 증명할 수 없는
어쩌면 남루함……

하지만,
어쨌든 아름다움은 내게 아직도
가슴 설레는 고동
이따금은 황홀한 고통

꽃잎 당신
내게 잠시 머물렀던 시간처럼
우리 또한 그렇게 네 아래 잠시
머물렀다 떠나는 것
그리하여 시구처럼
삶은 아름다운 소풍이 될 수 있을 것

어떤 맑은 봄날에
꽃빛 어우러지고 깊어져
흥건해진 목숨 떨어져 내리는 날
네 가지 아래서 우리
한 꿈을 꾸던 시절 있었노라고
그 시절 참
아름다웠노라고

맑은 날

그런 날이 있지요
무던히
좋은 날에도 선뜩
손가락에 핏줄기가 선연하고
올려다보는 하늘
푸른빛 한 줄기에도
울컥 서러운 날
활자는 눈에 들지도 않고
점심밥 알갱이마저
딱딱하게 입속에서
맴돌기만 하는 날
그저
자꾸만 부서져 내리는
그대의 영상을 붙잡고
깊이 모를
잠의 우물에 빠지거나
맑은 별빛 드리우고
한없이 망연함에
나를 던져두고픈……

가을 편지

언제 적이었을까?
불현듯
들판에 꽃이 피고
하늘빛에 얼굴을 묻고
바람 없는 날에도
흔들리는 갈잎이던
......
날들이

눈산

맑은 영혼의 눈빛 없이
어떻게
그대를 바라볼 수 있단 말인가.
그윽함 없는 사랑이란
얼마나 부질없는 욕망의
다른 이름인가

눈멀고, 귀 닫혔던
이 속된 육신도
그대 앞에선
한없이 투명해지기만 한다.

비워버린 마음이
너머 능선 햇빛 사이로
눈부시게 피어오른
저 생애
무욕의 깨달음

그윽함 없이
그대를 바라보는 눈길이란
얼마나
속된 것인가

차를 마시며

세월의 물굽이 잦아들면
그 강기슭
새겨진 흔적처럼
그대 내 속에 깃들었던 자국도
함께 남아 있을까.
너무 뜨거워 이내 화들짝
가슴 데는 격정 말고
어느덧
하늘도 강물로 배어들고
웅성이던 바람결마저도
물결에 젖어 드는
풀잎 같은
한 줄기 은은한 그리움
그런 사랑

백련

실컷
흠모할 사람 있으니
사로잡혀서
생의 저 바닥까지
가라앉을 사랑 있으니
그것으로 되었다.

세상에 잠시
맡겨두는
나의 전생(前生)

다시 몸 받거든,
무엇이 사랑인지
그리움인지도 모르는 채
순백으로 벙근 네 곁

나……
바람 한 줄기로
영영
곁에 머물까

각시수련

여름 지나고
가을은 깊어만 갈 즈음
왜 다시는
널 볼 수 없을 거라고만 생각했을까?

내 가슴속
사랑은 이리도록 차올라
개구리 와글거리는 봄밤처럼
터질 것만 같았는데……
무심한 계절은 이렇게 쉬이 지고 말아
고개 떨구게만 하였을까.

연일 눈 소식 이어지고
매서운 겨울 추위가 이어지던 11월 하순
떠난 그대 그리워 속절없이
눈물만 삭이고 있던 어느 날
홀연, 너는 다시 피어났다.

앙증스러운 꽃 입술 다소곳이 빼어물고
이파리 사이로
그 애틋한 작은 얼굴 내밀며
내게 다시 말 건네오는 것이다.

"내 모습 잠시 보이지 않아도, 그건 당신을 떠난 것이 아니랍
니다. 세상사 자맥질해 들어있던 내내, 당신과 함께할 소망
새기고 있었지요. 언제나 그리운 당신…… 내 그리운 당신
……
난 평생 변치 않을 당신의 각시"

폭우

언제 적부터였을까요?
시간을 향하던 그대 목소리 떨림이 잦아들던 무렵이……
때의 흐름이 언젠간 그려낼 모습이었지만 나의 그 욕심스러
운 상실감이 지레 유추해낸 슬픔이란 자칫, 소중하게 봉인
해 두어야 할 아름다움들도 흐르는 시간의 물살에 떠내려
보내지나 않을까 하는 것이었습니다.
그대와 소통하는 기쁨에 진저리치는 것보다 더 무섭게 퍼붓
는 세상의 물살에 넋을 잃고 이렇게 서 있곤 합니다.
때로, 소통의 기쁨 이면에 내재된 이 무게들은 차라리 일상
성의 단조로움이 행복의 척도라도 되는 양 웃음을 흘리곤
하지만……
하늘과 땅이 맞닿아 어느덧 뿌우연 대기와 대지가 한 몸이
되고, 내가 그대가 되고 그대 또한 내가 되는 세상은 그 세
상 속에 접어드는 것만으로도 신의 영역에 든다고 생각하는
힌두교도들의 히말라야 같은 세계는 아닐까요.
사위는 더욱 어두워지고 나무도 집들도 산의 윤곽도 모두 젖
어 들고 묻혀선 마침내 나는 어디에도 찾을 수 없습니다.

그대,
너무 힘겨워하지는 마세요

강물 흐른다

바람과 풀이
태초로
뜨거운 입맞춤일 때
시간을 안아눕던
강

세월의 비늘에 얹힌
배 한 척
골패인 어부의 생애처럼
무심한 오후 풍경
너머로
강물 흐른다

언젠가는
내 사랑도
산 그림자를 담고
들뜨고 아픈 시간들도 담아
저처럼 흘러가겠지

세월을 안아눕고
흐르는 강물처럼
그렇게
흘러가겠지

생의 이 순간

산벚나무꽃이 지자
몇 그루
그 뒤를 지키고 섰던
왕벚꽃 필 채비다

꽃잎 흩날리던 것에
시름을 얹었던 내가 부끄러웠다.

생의 이 순간순간들이
문득
아름답게 피어나지 않는다면
그대와 내가
수천 마디의 황홀한 수사(修辭)로
사랑을 속삭였다고 한들
무엇이 남을 수 있으리

교정
산벚나무꽃 진 자리 너머로
왕벚나무, 등나무
더 너머 언덕배기 아카시아도
꽃 피워올릴 채비로 부산한
봄, 황홀한
생의 이 순간

영산홍

피고 지는 계절도
흐르는 강물조차도
그대 이전엔
그저
관습일 뿐이었습니다.

시간
너머 언덕에서
비끼는 햇살같이
흘러갈
목숨이라 생각했습니다.

그러던 봄
어느 설레는 바람결에
툭툭 실핏줄
일시에 불거지고
마침내는
천지사방 천지사방
불꽃으로 터져올라

이렇게
그대와
……

한 세상
빛이 되었습니다.

저녁 무렵

산 그림자 이울어지는
오월 어느 날
개구리들조차 먹먹하게
먹먹한 울음을
무논 가득 채우자
해묵은 내 그리움도
염소처럼 따라 울었다
몰려드는 저녁빛
못내 서러워
울고 말았다.

먼 데
마을은 하나둘
눈시울 붉히며
산품에
안겨드는데
서쪽 하늘
어둠보다 먼저 달려온 반달에
남은 내 가슴 한쪽마저
무너져버린
……
저녁 무렵

시월 첫날

혁명을, 격정의 파도를 건너
피안에 이르고자 하던 젊음의 한 시절
없었다면 우리 생은 얼마나 시시하기만 할까요
뜨거웠던 그 추억의 이마
그 신열도 잦아든 이파리마다
열꽃 지난 흔적

가을, 산벚나무

여름 끝자락부터였지
한둘 볼 붉히며
계절을 숨죽여 들이키던 사랑

지금 시월.
가늠할 수 없는 깊이로 채워진
격정 혹은 너의 눈물
너머 십일월 이르면
저층 기억에 묻어두었던
웅웅 빈 가지 울림 헛헛한
바람 소리 떠올려야 하리.

산길 구철초는 시들어버리고
물들기도 전 녹슨 잎을 털어야 하는
불임의 가을에도
한 모금 물기마저 기어이
가을 햇살로 틔워내는
한결같은 그리움

다시
한 해의 겨울 너머
꽃등 불 밝히며 화안하게
찾아올 너를 기다리다 보면
나도 어느덧
목숨처럼 붉어진 이파리로
생의 가지
찬란한 가을 햇살 아래 한 철
찰랑일 수 있을까?

산벗나무
내, 당신

산벚나무, 낙화

길었던 겨울
빈 가지 사이
새겨두었던 당신
굳은 기다림의 언약도

전류처럼 몰려 닿아
감전되었던 영혼
그 숱한 반짝임의 날들도

너무 짧기만 한
봄
한
철
바람결에
이내 흩날리나니

어찌하랴
수만 송이
떨어져내리는
저
시름들을
......

찔레꽃

하얗게 부서지는
오후 햇빛에
걸음 묶이다

님 떠나간
빈자리
꽃잎 사이사이
기어이 묻어 둔 슬픔
터져 오르는

저
······
창백한
혼절

붉은 수련

점심시간
혼자 집에 와
주섬주섬 밥 챙겨 먹고 오른
다락방 창 너머

물 위 띄워놓은
당신 모습에
풀썩
무릎을 꺾고야 말았습니다.

내 살갗으로
파고들어
벗어버릴 수도 없는 유월 햇빛
이렇게 붉게 타올라

차마
이름도 부를 수 없는
이
참혹한 그리움

생인손*

아파하는 내게 아무것도
해 줄 수 있는 일 없다는 말은 마세요.
맹렬한 아픔도
당신 그저 그윽하게 바라보아주시는 것만으로
무던해질 수 있어요.
한 상처의 고통이
세상의 어떤 환란보다 지독한
당신의 부재 그 참담한 그리움 같은
내 아픈 생인손.

이렇게
당신 사랑의 상처로
아파하는 날 위해 당신 그저
그윽하게 바라보기라도 해 주세요.
나의 이 통증이
당신의 눈길로 타고 들어
당신 핏줄 속으로 나를 실어 나를 수 있는
길 하나 이을 수만 있다면
내 고통, 잠 못 이루는 아픔은
차라리
황홀한 장밋빛 선혈.

---

* 김승희 님의 시 '생인손'을 조금 인유(引喩)함.

순간들에게 - 씀바퀴꽃

할머니
살아생전 좋아하시던
쌉쓰럼한 나물 씀바퀴
나 죽거든
제상에 다만 진달래꽃 한 송이와
이 나물무침 놓아달라시던
그래서
잎과 줄기로만 새겨졌던 그대

어느 아침나절
야무지게 다문 입술
햇살 비치자 노오란
활개를 펴고
내 가슴 속 화안하게
안겨드는
작은 꽃잎

잎과 줄기의 세월 너머에
깃들인 너
씀바귀꽃 같은
아름다운 영혼이여
늘 잊어버리곤 하는
사랑스러운
내
작은 순간들이여

비 오는 날엔
반쯤만 가슴을 열어두고
빗줄기와 더불어
내밀한 세상 얘기 속삭이며
한 떨기 지고 나면
다시 피워 올리며
꽃대궁마다 새겨 두는
작은 목숨,
시간의 음률

영혼을 가진 모든 존재는
얼마나 눈물겨운가
치열한 그들의 뿌리와 잎으로
갈무리해 온 이 계절의
속삭임은 나를
또한 얼마나 거듭
아름다운
전율에 빠트리고야 마는

푸른 잎 사이

오랫동안
가슴에 품었던 너를
차마
풀어내지 못하였구나

그리움의 병이
그만 너무도 짙어
함빡 열에 들떠
잠 못 이루던 네 영혼

살아 오르는
무성한 기억의 시간
지우지 못해
기어이
타오르고야 마는
저
눈빛

저 나뭇잎결

지난겨울이 만든 빗금
쇠창살이
어찌할 수 없는 현실이라고 말하는
모든 규격들이
숨 막혔습니다.

더디게 그러나
당신 약속하셨듯
햇볕은 알맞게 따뜻해지고
천지사방 무성한 기운 드리워진
오월이 깊습니다.

이젠, 잊어버리고
저 나뭇잎 결
흘러보내는 바람처럼
그렇게, 지나는 시간
내버려 두라고
붙잡으려 들지 말라고 합니다

생은 다 그런 것이라고
그런 것이라고

태풍, 그 후

태풍이 찾아와 덜컹이는 밤
문득
키 세운 바다의 파도가 그리웠다
정박된 배를 할퀴고
도로와 사람의 집과 눈물마저 삼킬 기세인
그 비와 바람과 파도를
보고 싶어 하다니...

삶에서
감상이란 놈으로 혹은
치장된 사랑이란 이름으로
결재할 수 있는 것은
몇 없다
때로, 결정적인 것이라고, 운명적인 것이라고
놓치면 평생 후회할지도 모른다고
불러왔던 용감들도
치욕이 되고, 돌이킬 수 없는
과오가 되기도 하는 것

철없다고
생각에 꿀밤을 한 대 내리고 난 뒤
뒤척이는 잠을 청한 다음은
어김없이 돌아오는 아침, 다시 삶이다

나는 출근을 서두르며
머리를 감는다

비에 젖는 산꽃처럼

후두둑 내리는
비에 젖어듭니다.
나도 산꽃처럼
낮은 몸이 되어 봅니다.

산다는 것에 걸어뒀던
무슨 의문 부호 같은 것일랑
잠시 거두어 두고
오늘처럼
비가 오는 날에는
함께 젖어들어 봅니다.

지난 절기 내내
속으로만 삭여왔던 그리움의
꽃떨기
하염없이 젖은 떨림에 겨워
하루가 저물어 갑니다

저녁 무렵

설핏
잠이 들었다간 깨어난
저녁 무렵

창밖으로 어스름이 벌써
찾아와
건너편 서가며 탁자들에도
고스란히 그 빛 배어 있습니다.

하늘이 그리고
아슴푸레해져 가는
저 창밖 풍경이
왜 이다지도 서럽기만 한 걸까요.

나는 누구인가요.
그리고 나를 혼란 속에 빠뜨리는 당신은
또 누구이신가요?
순서 없는 생각의 물살에 휩쓸리기도 합니다.

가만히
어둠이
다른 물상들마저
물들여 나갈 때까지
하염없는 생각에 같이 젖어듭니다.

저녁 무렵

유년일기